청춘 고래

청춘 고래

권순자 시집

114

문학수첩
시인선

문학수첩

바람이 분다.

너의 주변을 맴돌던 바람이 내게로 분다.

벚꽃 향기 묻은 바람이 분다.

볼을 어루만지는 바람이 분다.

바람이 부는 날 나도 바람이 된다.

너에게로 가는 바람이 된다.

바람으로 불어 네 곁에 내 자리를 만든다.

거기서 머무는 구름이 된다.

온종일 글썽이는 구름이 된다.

잠들지 못하는 밤일 바에야 차라리 구름으로 머물고,

허공을 맴도는 날개를 가진 구름이 된다.

허공에 점점이 찍은 발자국들이 햇살을 튕기고 있다.

증발되지 않는 기억들이 새떼처럼 머문다.

이 시집을 생을 새긴 이들에게 헌정한다.

2019년 봄

2부

3부

4부

1부

진혼가

사랑을 배신으로 갚았구나
손길을 기다린 너희들을
끝끝내 구해주지 못했구나

세월호에 묻어버린 청춘이여,
눈물을 거두고 잘 가렴

아픔을 잊어버리고
서러움도 날려버리고

아름다운 곳에서 갈매기 날갯짓처럼
자유롭고 평안하게 지내다오

아빠에게 보내는 편지

아빠 제가 기타를 쳐요
파도 자락을 손가락으로 튕겨요
햇살로 연주할 때도 있어요
물고기들이 제 연주에 맞춰서
춤을 추고 있어요
물고기 친구들이 꼬리지느러미로
손뼉을 쳐요
물방울이 사방으로 튀고
번져나가요
물안개가 피고
물미역이 일렁이며
물바람으로 환호해줘요

아빠 힘내세요
저는 언제나 아빠편이에요

아빠 사랑해요

먼 길

가슴에 뚫린 길을 따라 아이들이 떠났다
세월호가 안고 떠난 바닷길은 차갑고 춥고
아픈 길이었다

팽목항에 고꾸라진 세월호
수천 개의 물길이 출렁이며 아이들을 끌어안고 울었다
육지로 올라오지 못하는 파도는
팽목항 앞바다에서 몸부림쳤다

아이들은 물결 타고 하늘로 떠나고
어미들은 철썩이며 서럽게 울었다

팽목항은 앞으로도 오래 울음 울 것이다
어미 곁으로 돌아오지 못한 아이들의 울음을
대신 울어줄 것이다

아이들을 잊지 못하는 어미 따라 울어댈 것이다

청춘 고래

망망대해 협곡을 누비는 나는 고래
머리칼이 지느러미 되고
팔 다리도 지느러미 되어

멈추었다가 꿈틀대는 뜨거운 숨
공중으로 솟구친다

누가 막을 수 있으리
전신에 차오른 뜨거운 눈물
뜨거운 뜻
열정
천일 동안 숨죽여 기다린 순간

깊고 푸른 물 마시고
고동치는 심장소리

나의 몸부림

나의 부대낌

영혼은 부풀어 수많은 약속들이

하얀 뼈 드러내고 심연의 파도에

물결쳐 부서질 때

솟아오르는 무지개빛 이름들

물고기 떼 수백 마리 뭉치고 뭉쳐

바다 속 깊은 물결로 흐른다

고통의 뼈를 가르고 태어난

희망들아

폭풍우 속에서도 꿋꿋한

물의 청춘들아!

고백

나의 고운 어머니
어머니의 생을 읽는 밤

외로운 어머니의 가슴을 후빈
아들이 고백합니다
꽃 같은 어머니의 봄날이
서럽게 꽃 져 버린
봄날이
해마다 오고
해마다 꽃 지고
어머니는 오지 않습니다

저는 어머니를 찾아
바닷가를 거닐고
어머니는 저를 찾아

천상을 헤매는군요

어머니의 꽃길은 시들어
꽃잎들이 먼지처럼 날고
어머니의 흑단 머리카락은
걱정과 슬픔으로 바래지고 희어져
눈물처럼 햇살에 반짝이는군요

고운 어머니
영원한 저의 안식처인 어머니
그만 눈물 거두시고
제 곁에 머무셔요.

항진

폭풍 속에 떠난 너를
기억해

이 세상 풍파 속에서
내가 힘들 때마다
더 힘들었을 너를 떠올리며
씩씩해질게

너는 어렸음에도
네 가르침이 크구나
용감히 풍랑과 맞섰던 너

몸으로 보여준 너의 힘
내가 이어서
세상의 폭력과 거짓의 풍랑과 맞서서

너의 선하고 굳센 의지를

기억할게

아빠의 일기

아들아
땅콩을 비닐봉지에 담으며
너를 생각한다
이 아빠를 돕던 네 작은 손이
꽃보다 이쁘던 날이 떠오른다

조막손으로 어깨를 주무르고
토닥이며 응원해주던
작은 팔뚝에 솟아오르던
힘줄을 생각한다

네가 떠난 사월의 하늘이
너무 파랗구나
슬픔의 색깔이
저렇게 파란빛이라서

가슴이 미어지고
소금을 뿌린 듯 따갑구나

그래도 아들아 내 파란 가슴에
네가 살아있어서
이 시절을 살아갈 수 있구나
아들아
나의 아들로 살아주었던 아들아
너를 여전히 사랑한다

언제나 나의 별

기억 속에 곱게 자라는 별
잊히지 않는 한순간에서 하늘의 별로
탄생해 내 머리 위에서 빛나는
나의 사랑
라일락꽃 향기 날리는 사월의 길목에서도
보랏빛 미소로 웃는 너
내가 밤길 걸을 때
어깨 위에 내려와 도란도란
고운 목소리로 얘기를 하네
네가 곁에 있음으로 기뻤고 즐거웠지
네가 밤이면 밤마다 길거리에서나
뜰 안에서 내 어깨에 기대어
기쁜 꿈을 꾸는 줄 내가 기억하고 있단다
아이야, 내가 네 엄마인 것이 기쁘고
네가 내 사랑인 것이 고맙구나

나의 영원한 별 나의

사라지지 않을 보물, 내 곁에서

영원히 빛날 나의 분신

나의 빛.

봄이 오면

봄이 오면 나는 당신을 만나러 가요
잔잔한 바다 물결은 당신의 숨결을 닮았어요

끼룩끼룩 갈매기 소리
당신의 속삭이는 목소리인가요

멀리 태양이 솟아올라요
당신이 뱃길 따라 오고 있는 중인가요

햇볕이 바닷길을 환하게 밝히면
당신이 옷자락 끌고 오는 소리
찰방찰방 들려요

당신이 오시는 소리
모래들이 설레는 가슴을 쓸어내리고 있어요

사월이면 나는 당신을 만나러

그리운 바다로 달려가요

구름창문

작은 창 사이로 들어온 작은 마당
젖어서 까맣게 빛나는 바닥
밤새 떨어진 단풍이 나무 아래 어지럽다
슬픈 잔해들
바람이 국화 냄새 난다

창살 사이로 조각난 하늘
저항하는 구름 밀려나는 구름
시커먼 설움
시커먼 고단함

사이로 열리는 구름창문
햇살이 빗줄기로 쏟아진다
첫 어둠을 깨운 태초의 햇살처럼
무지를 깨고 편견을 흔들며

어둠 속에 갇힌 작은 방을 비추며
서늘한 호흡으로 온다

이 세상 별들에게 쏟아지는 햇살
어둡고 무질서한 도적의 땅에 잃어버린 시력이 돌아오듯
기적처럼 쏟아지는
높고 푸른 하늘이 쏟아내는 눈물
소멸하는 찬란!

이 세상이 천상인 듯 돌아온 빛
거대한 구름창문을 열고 기꺼이 기어이
찾아온 빛나는 수천의 신의 발, 발들.

항해

얘들아 다시 항해하자
닻을 올리고 돛을 펴라
소금물에 절어서 여전히
푸르게 빛나는 네 꿈을 실어라

우리의 항해는 아직 진행 중이다
네가 닿고 싶은 땅
네가 가고 싶은 젖과 꿀이 흐르는 곳을 향하여
고래처럼 힘차게 항진할 때다

미안해하는 엄마 아빠에게 힘이 되고
교실에서 공부하거나
일터에서 힘줄 도드라지게 일하는
친구들을 위해서라도

우리는 죽어도 살 것이고
폭력과 가면의 무리들은
살아도 죽을 것이다

봄비

비가 쏟아지는 밤

시큼한 추억의 냄새와

달콤한 어머니의 냄새가 밤공기를 타고

꽂히듯 감기듯

마른 가슴 위로 내리고 적십니다

희미해진 어머니의 눈길이

허공을 거닐다가

슬픔 한 자락 안고

눅눅한 창가로

어머니를 데리고 갑니다

어머니의 슬픔은 녹아서

싸늘한 어둠 속을 흘러갑니다

꽃잠 꿈을 꾸던 어머니의 봄밤은

사월에 불어 닥친 삶의 폭풍에
꽃잎 다 져버리고

그림자처럼 밤을 지나고
낮을 건너
돌처럼 차갑고 아프게
묶여버렸습니다

아들과 연결이 끊긴
어둡고 답답한 밤이 이어지고

날마다 밤마다 바람이 세차게 불어
시간을 곤두박질 시켰습니다
어머니는 갈 길을 잃고
어머니는 꿈을 잃고

어머니의 태양이 사라져 버린
어머니의 세상은 너무 어둡고
너무 무섭고 서러웠습니다
검은 봄이 이어지고
검은 바람이 불었습니다

봄비
고요하고 차갑고
어두운

낯선 바람이 어두워지는
골목에
어제의 어머니가 웃으며 서 있습니다

2부

난파선

엄마와 손잡고 무지개 꿈을 꿉니다
얼마나 바둥거렸는지 날개가 돋아납니다
처음부터 움직였으면 날개 없어도
헤엄쳐 엄마에게 갔을 겁니다
꿈속까지 슬픔이 아우성입니다

배와 여객을 저울질한 사람들이 탈출했다는 소식이
물살처럼 쏟아져 공포스럽게 들립니다

여객의 목숨이 돈보다 가벼워서
배를 지키려는 사람들이 우왕좌왕하는 사이

거대한 여객선이 꽃들의 무덤이 되어갔습니다

몽유하는 봄

밤새 어두웠던 길이
복원되고
모래알 흩날리던 길에
벚꽃이 핀다

허물어진 자리에 꿈틀거리는 봄
깨어진 상처에 내리는 봄비
가지마다
제 푸른 피 흙에 섞는다

부드러운 발은
안부도 없이 느릿느릿 추운 땅을 밟고
씨앗을 건드리는 바람
돌담사이로 흐르는 노래

사라진 너의 슬픈 눈과 입술을 불러
질긴 손끝으로
가슴마다 박힌 얼음 조각을 꺼낸다

여전히 높은 파도
가버린 애인이 오지 않는 저녁,
바다로부터 비늘 수천 개 날아와
어깨를 감싸고
날개를 달아주는 노을 진 저녁,

처연한 봄이
그녀의 눈가를 적시고
순한 봄은 새소리 발걸음으로 마법을 건다

나의 사랑은 어디에

저는 물이 되었어요
물살이 되었어요

어머니 저는 굽이치는 파도에요
하얗게 부유하며
날아오르던 나의 시절이 낮아지고 낮아져서
바닷물길이 되었어요
나의 복사뼈는 미역사이로 헤엄치고
나의 사랑은 물결사이로 햇빛처럼 들이치고 있어요

봄꽃 낯설게 흐드러진 사월
허공으로 뿌리내리는 즐거운 계절에
개나리꽃잎으로 흩날리고 있어요

나는 뛰어가요 달려가요 햇살처럼 날아가요

어머니의 나라로

신발이 쪽배처럼 흔들리는 오후

바닷길에서 노숙을 하며

하염없이 시간을 잡아먹어요

물결을 밟고 가는 그림자

울음이 그렁그렁 파도를 넘고

충혈된 눈으로 노을이 응시하는 바닷가

자줏빛 슬픔이 소용돌이로 타오르는

나의 영원한 사랑이 깜깜하게 건너는 길목

물고기들이 등을 받치고 길을 만드는

하늘 길

나의 불꽃이

별똥별로 타오르던 꽃길, 꿈길

벚꽃 연가

물관에 숨었던 꿈을 펼치려고
수많은 물줄기들이 점점이 나무 끝자락에
무늬 져 앉는다

어제의 눈물들이 송이송이 내려와 맺힌다
너에게 취하여 너에게 매달린 시간
연분홍빛들이 견디지 못하여
바람에도 쉽게 흔들린다

너로 목마른 나날이 열꽃으로 피어
설레는 아침마다 네 발아래 앉았다
떨리는 봄 향기에 내 눈이 열리며
산비탈로 달려간다
빗방울처럼 흩날리는 꽃잎들

나를 쓸어가는 너의 힘이
여린 듯 세구나
달아나는 너의 향기를 좇아가는 나의
녹아내리는 듯 아롱거리는 가슴이여
미끄러지듯 걸어가는 봄날이여

봄의 독백이 짧고 아련하다
떨어지는 꽃잎들 봄의 허물들이 즐비하다
꽃들이 너의 목덜미를 스치고
나무 그늘로 머리칼처럼 드리워진다
초저녁 달빛에 쓸쓸한 바람을 안고
떨리는 꽃잎들 더 떨리는 가슴

화사하고 입술은 붉게 부풀어
꿈틀거리는 꿈,

꽃그늘 아래에서 잃고
다시 무덤에서 태어나는가

한때의 꿈들이 물거품처럼 사라져
가슴을 갈라지게 하고
생의 한 귀퉁이를 젖게 하더라도
꽃들의 달싹이는 입술이 보이지 않는가
꽃잎에 들떠서
하늘하늘 날아서 허공에 맴돈다 해도
나의 혀가 얼어붙어 고요 속에 묻힌다 해도
웅웅거리는 꽃들이 사방에 소란하다

친구야

죽어도 죽지 않은 나는
엄마 아빠와 걷고
울고 웃는다
친구들과 숙제를 하고 운동을 한다

새벽달이 가늘게 떠서
흐릿하게 밤길을 밝히듯
나는 살아서 공기 중에 숨어서
꽃향기를 맡으며 걷는다

그러니 친구야
더 이상 울지 마라

네가 힘내어
세상과 저항하지 않고

세상이 어그러지면 어그러진 곳을
함께 바로 세우고
사람들이 슬프면 함께 슬퍼하며
위로하자
사람들의 고통을 조금씩 덜어주고
나누어 함께 짐을 져보자

나는 공기보다 가벼워져서
어디든지 갈 수 있단다
꽃들이 흩날리는 모습을 보고
웃는 사람들과 같이 웃는다
친구야 힘내렴

꽃길로 달려오렴

길이 멈춘 곳에 꽃비 내린다
가버린 너는 돌아오지 않고
새들은 저리도 지지배배 지저귀는데
느티나무 잎사귀들은 푸르러져 오는데

너는 아직도 사랑으로 남아
내 가슴 속에 시리게 반짝인다

바람이 밤새 동백꽃을 맴돌고
상처받은 나는 바닷가를 서성인다

꿈마다 너를 안고 아직도 춤추는데
너는 어디서 부은 발로 헤매고 있나
꽃비 우수수 흩날리는 이 봄날

포플러나무 흔들리는 들길에
봄꽃들이 구름처럼 떠가는데
꽃길 밟고 너는 어디서 방랑하고 있나

멍든 꽃들이 황홀한 어린 날을 물고
왜가리 떼처럼 훨훨 허공을 날고 있는데
담장 옆 홍매화 붉게 입술 달싹이며
너를 부르는데

별을 건져라

의혹의 바다에 침몰한 별을 건져 올려라
거짓을 일삼는 입들의 바다에 빠져있는
별을 건져라
오만과 독선의 큰바다에 깊이 숨은 별

부패와 부정의 갈고리로 묶여있는
별을 건져라
농간과 농단으로 얼룩진 별을 건져올려라
타락과 타협으로 더럽혀진 별을 건져올려라
조작과 의혹으로 꽁꽁 묶인 별을 건져올려라

전신이 병들어 꼼짝 못하는 별을 건져라
꼭두각시들이 짓밟은 별을 건져라
피울음 사방에 새겨진 별을 건져라

거위의 꿈 화가의 꿈 가수의 꿈

꿈 꿈 수많은 꿈들이 잠든 별을 건져올려라

심연에 깊숙이 숨은 괴물을 꺼내라

두루뭉술 어물쩍 넘어가려는 수작을 부리는

간교한 입들을 꺼내라

꺼내어 벌판에서 별을 보게 하라

수국

수국이 피던 날
너는 떠나갔다

찬란한 봄이 꽃잎의 상흔으로 붉게 흔들릴 때
달빛 따라 홀연히
혼곤한 꿈에 젖어 떠났다

죄 없는 네가
하늘로 가는 향기가 될 줄 몰랐다

수천의 달빛들이 흔들리듯 내려와
밤새 꽃으로 피었다
의심 많은 바람이 떠돌고
흐느적거리는 슬픔이 기립해서
수국을 피웠다

홀로 깨어 투명한 울음을 흩뜨릴 때
수국 허리마다 푸른 힘줄이 돋았다
그늘마다 푸른 달빛은
아리고 쓰린 사랑 한 자락
심었다

너를 밟고 먼 생으로 가는 발들,

불타는 숲을 가로지르고
가라앉는 바다를 건너
빛나는 꿈의 결정(結晶)이 되었다

너를 보낸다

사막보다 더 삭막한 바다
아름다운 목숨들이 꽃처럼 스러져갔구나

기울어져가던 뱃속
차가운 물속으로 사라져갔구나

사납고 무서운 돈의
노예들이 저벅저벅 걸어 다니는 바다는
양심을 저버린 손들이 넘실대는 바다는
입을 다물었구나

슬픔으로 날마다 철썩대며
바닷가에서 너를 기다린다
한심하고 무력하여 미안하다는 말도 못하겠구나

소리 내어 울지도 못하겠구나
네가 웃으며 떠나야 하는데
울면서 이 땅을 떠날까봐
차마 소리 내어 울지 못하겠구나

두려움을 떨치고
그리움을 떨치고
아이야, 새로운 세상으로 훨훨 떠나거라
괴롭던 일 잊어버리고
따스하고 편안한 곳으로

그리운 아이야
네 아름다운 웃음을 기억하마

열여덟의 웃음

낮이 가방 안으로 사라져버렸다
바다는 네 방에 가득 몰려와 밤마다 파도친다
바다의 목소리들

내일을 미리 열고 들어간
너의 밤이 물결에 철썩인다
네 부푼 꿈이 오므라지고
늘어놓은 책들이 스르르 일어서서
네 방문을 연다
비상구가 떠올라 허공으로 올라간다

기웃거리는 밤
깜빡이며 바다를 뒤척이는 밤

어제의 노을이 돌돌 말려서

가슴속으로 밀려온다

파도처럼

모래는 바람에 실려

창자 속으로 뒤틀리며 몰려온다

길 잃어버린 바람이 문 앞에서

울음처럼 펄럭거린다

분해된 꿈들이 조개들 따라 입을 다물었다

물살을 헤치고 이름들이 솟구친다

슬픔이 너무 오래 말라갔어

몸을 짜내는 기다림이 너무 길어졌어

널뛰는 그리움이 해일처럼 밀려왔어

아름다운 목덜미에 열여덟의 시간이 새겨지고

얼음처럼 차가운 실망

끙끙 앓는 혀

어미의 수심은 빈방에서 철썩거렸다
비가 오면 귀가 열린다
너를 듣는 밤이 길다
밤이 젖어
뱀처럼 느리게 기어간다

너는
움켜쥔 소라로 소리를 들으며
고둥으로 나팔을 불고
영원을 호출하며
세상 밖으로 가는 길로 헤엄을 치고 갔다

달이 뜨고

삶을 습격한 폭력과 혼돈의 문턱을 넘어갔다

벚꽃망울 터뜨리던 열여덟의 웃음이

그립다

물보라

모르는 물고기들이 길을 잃어버린 나를 데리고 놀아요
나의 지느러미는 어제의 방향을 버리고
스스로 타오르는 불처럼
제 갈 길을 열었어요

착란의 숲은 물길이 늪처럼 잔잔하게 열려
눈동자들이 물빛으로 흘러요
물속을 걸어 물속을 깨뜨려

슬픔 깊어 차가운 나의 눈은 붉고
얼굴마저 녹아버린 꿈은 휘발하여
물보라로 솟구쳐요

시계가 사라지고 소리도 사라지고
시간이 빨려 들어간 분화구에는

물결이 방랑을 하고
붉은 항아리 속엔 울음이 메아리쳐요

미끄러져 틈새에 스며든 날개들
비리고 끈끈한 잠을 흔들어
별이 내리지 않는 밤이 길어요

진눈깨비

욕망에 젖은 배가 비틀거린다
욕망의 무게에 눌린 배가
고꾸라진다

진눈깨비는 철근을 이길 수 없었다
무거운 잠도 이길 수 없었다
휘발성 알코올의 시큼한 냄새도
감당할 수 없었다

이길 수 없는 진눈깨비가
아이들을 몰고
피리소리 같은 바람을 몰고
바다로 갔다

흩날리는 진눈깨비를 안고

환영 속으로 소멸되어가는

배 한 척, 세월

젖은 배가 거대하고 아름다운

날렵한 배가

진눈깨비 휘날리는 바다 한 복판에서

진눈깨비보다 더 빨리 스며들고 있다

나의 몰락은 너의 무분별한 욕망의

폭풍우가 불러온 일식

피리소리보다 맑은 아이들이

저물어가는 물의 용궁에 머물고 있을까

불면에 시달리는 여자들,

남자들이 눈물로 베개를 적신다

해일이 흐느끼는 밤
혼란의 사월로 감감해진 소식

해초보다 더 빨리 녹슬어가는
욕망의 붉은 철근에
아이들 꿈까지 붉게 녹슬어버렸다

수많은 물음들이
바다 위를 배회 중이다

메마른 가슴
고통스러운 잠
여전히 진눈깨비는 하염없이 날고.

3부

팽목항에서

명랑하던 내 사랑이
말 못하는 사람이 되었네

마주치며 빛나던 눈빛은
멈춰버렸네

고운 목소리
들을 수 없네

가슴 두근거리게 하던 웃음소리
들을 수 없네

함께 만들어갈 아름다운 세상은
멀어져 버렸네

속도의 신

속도는 목숨을 담보로 달려가는 괴물

속도를 계획하는 자는 누구인가
속도를 조장하는 자는 누구인가
속도를 허용하는 자
속도에 편승하는 자
속도를 부추기는 자는 누구인가

괴물의 총아들
희생물을 찾는 교활한 앞잡이들
양심을 제단에 바치고 두 눈까지 저당 잡힌 자들
생각은 이미 화석처럼 굳었다
혀는 바위처럼 딱딱해졌다

속도의 신은 대단한 흡착력을 지닌 거대한 입술,

거대한 빨판

조심하라

누구도 예외일 수 없다

당신이 속도의 신을 예배하지 않는가

속도의 신이 강력한 유혹을 곧 건넬 것이다

붉은 달이 전하는 말

달을 질경대며 씹는 파도
몹쓸 슬픔을 뱉어내는
고통을 게워내는 달, 물에 빠진 달
허공을 버린 달이 파도에 씹히고 씹혀

숨죽이고 바람을 견디던 몸이
순결한 꽃처럼 핏 무늬 남기는

한때 절름거렸던 청춘이
허공을 흔들며가던 푸른 휘파람이
밤거리를 쏘다니더니
이젠 어디로 갔나
끈질기게 붙어다니던 기침이
목구멍을 죄며 끝없이 질문을 해대고 있어

나의 노동은 표시가 나지 않는 이상한 셈법
심술궂은 바람이 심장을 강타해도
감정은 판독이 불가능해
물속에서 부글부글 거품을 뿜어대

소멸의 단추는 눌러진지 오래
붉은 상처라고 붉게 울지는 않아
허공을 움켜쥐고
바다로 도망친 발을 원망해
무시무시한 소리들이 밤마다 살아남아
바다 위를 달리고 달려

바람도 주문을 욀 줄 알지
침묵이 햇살에 반짝이면 무서운 칼날로 번득이지

가여운 밤이 부서져 흩날리는 걸 본 적이 있니
어둠이 부서져서 아프게 휘날리는 밤바다
폭풍에 흉측하게 찢긴
핏빛 발들이 춤추는 바다

물고기들도 숨죽이고 껌뻑거리며
죽은 자들의 눈을 감겨주는
잠든 바다

뒤척이고 뒤척이다 잠든 바다
바다에 뜬 달이 실낱같은 몸을 쪽배처럼 띄우고
잃은 목숨을 찾아, 찾아서 헤맬 때.

기억의 여객선

망각의 하얀 천으로 덮어버리려는
무관심의 눈길이 무섭다

아무 일 없었던 것처럼 밥을 먹고
단순한 사고로 위장하는 검은 손들이
협박하고 분열시키는 책동의 시간이
말갈기처럼 휘날린다

덮어버리면 묻어지는 일인가
억울한 목소리들이 밤마다 새어나오고
분수처럼 솟아나는 신음소리가
바람보다 거세게 가슴을 훑어 내리는데

꽁꽁 얼어가는 손발을 붙잡고
이간질에 익숙해져가는 귀를 붙잡고

바람이 속삭인다
어둠을 뒤척인다

은폐된 진실을 들추어 햇살 아래 널어라
단호한 입술이 감당할 수 없는 힘으로
검은 장막을 걷어라
너울거리며 휘청거리는 무력감을 깨쳐라

얼굴 붉힌 분노가 달아오른 저녁이면
흐르는 뜨거운 눈물
슬픈 눈길에 스치는 달빛이 투명하여라

어둠 깊은 사막에 번지는
혹한의 편견
사랑하는 아이들이 그리워 우는 여인을 위하여

바람이 불어도 죽지 않는 힘으로
밤마다 별들 하나씩 하늘로 띄운다

기억의 방

그 방에는 별들이 살아요
한때 숲속을 거닐고
숲에서 달과 속삭이거나
나뭇잎 발바닥을 간지럼 태우던
별들이 살아요

한때 물위를 맴돌고
물속을 물고기와 엉겨
허공처럼 날던 별들이 살아요

새소리보다 청아하고 명랑한 목소리로
재잘거리던 별들이
시린 눈빛으로 살고 있어요

힘들었던 시간을 꿈결처럼 안고 사는

별이 봄하늘에 쏟아져요

흩어져 외롭고 쓸쓸한 가슴마다

봄비처럼 내려요

당신도 조금씩 젖고 있나요

사랑의 증거

여기는 기억의 방 천 개의 목소리들이 달려와요
바다로 갔던 발들이 하나씩 별로 떴어요
소라나팔을 불고 자갈드럼을 치며
달빛과 햇빛을 바닷물에 개어서
사랑을 채색하고 있어요

흥얼거리는 도미의 노래들, 어머니의 탯줄처럼 늘어진
미역들 사이로 달빛이 봄밤을 이끌고
바위에 다닥다닥 붙은 조개들 그리운 어머니의 손바닥 같아요
뜨거운 가슴 깊숙이 저를 안고 있네요

나는 당신 기쁨의 뿌리에요
거센 파도에도 물결을 타넘고 당신을 만나는
질긴 그리움이에요
탯줄과 기억이 맞닿아

바람처럼 드나드는 당신의 노래에요

당신의 눈시울에 번지는 이름이에요
울음에 금이 생겨 햇살에 빛나는
초롱초롱 빛나는
당신의 영원한 초록잎들이에요

소금 기억

너를 만나러 바다로 가면
기억이 출렁거린다

나를 분해하는 너의 기억들
나는 명멸하며 너에게로 빨려 들어간다
전율하며 앓는 나의 몸

그리움의 전류는 거세게 나를 휩쓸어간다
말을 잃어버리고 눈만 벌겋게 따가워진다
나는 여기에 없다 갈라진 입술로 중얼거리며
너를 불러낸다

네가 절실해서 욱신거리는 몸
밤이 나를 흔들어 잠을 멀리 보내고
나는 너의 바다에서 헤맨다

너에게 내가 혼곤히 젖어
굽이쳐 물결치면
너의 기억으로 전신이 범람하고
너의 향기에 목이 멘다

끈적거리거나
질척거리는 일들이 물결에 실려간다

아, 나는
무심한 일상에 으깨어지기 싫어서
문드러지지 않으려고
네가 출렁거리는 바다로 오는지도 몰라
또박또박 세상에 대꾸하며
악착같이 살아내고 싶은 열망을 살리려
너를 만나러 오는지도 몰라

소금꽃

진도 앞바다

울음이 넘쳐
파도는 소용돌이치고
서짓 증언을 해대는 입술을 후려치는 바람이 불었다

황량한 바다에서 용맹한 물바람을 기다린다
바다여,
내 잃어버린 아이를 환하게 토해놓아라
굳어가는 내 몸이 식어버리기 전에
뜨거운 눈물로 아이를 닦아
고이 내 가슴에 묻으리라

아이가 좋아하던 김밥을 먹으며
아이가 좋아하던 언덕에서 이별가를 부르리라

축축한 가슴을 말리고
널브러진 나날을 주워 올리리라
꿈 밖에서 방황하는 아이를 누이리라
투명하게 솟아오르는 아이를 배웅하리라

짠 바닷물이 마르고 말라
하얗게 소금으로 제 육신을 보여주는 날까지
아이와 꿈을 이야기하리라

꿈을 짊어진 소년소녀들이
구름 위를 걸어
꿈을 이뤄내는 날까지
별들이 불을 켜고 세상을 뚫어보리라

새

당신은 화살을 수만 개 날려보냈습니다
여린 새들에게
오래 전에 날개 꺾인 새들에게
알을 깨고 나와 날갯짓 겨우 배우고 있는
어린 새늘에게

화살을 그리로 세게 한꺼번에 날린 줄
당신은 모르고 계시는지?

찬바람이 세차게 부는 밤입니다
눈보라까지 치기 시작하는군요

가여운 새들을 어찌할까요
이 춥고 메마른 땅
숲마저 잎사귀 모두 떨군

황량한 겨울

저 새들은 어찌할까요

새들이 고통으로 비명을 지르는군요

새들이 부러진 날개를 필사적으로

파닥거리며 아우성을 치는군요

고통과 슬픔의 날갯짓이 필사적이군요

화살의 공격이 집요하군요

화살은 감정도 없고 타협도 없고

조준한 대로 날아가는 습성만 있을 뿐.

배신의 그늘이 깊군요

처절한 비명소리가 허공을 붉게

물들이는군요

당신의 화살이 날아온 방향에는

검은 구름이 짙게 깔려서
당신의 얼굴을 가리웠군요

당신이 의도했을까요
당신의 귀를 믹았을까요? 누가
당신의 눈을 가렸을까요? 누가

화살이 거꾸로 솟아오르는 빗줄기처럼
억세고 막무가내군요

당신, 눈을 떠봐요
당신 귀를 열어봐요
새들이 피흘리는 모습을 보세요
새들의
하늘을 찢는 비명을 들어보세요

질문

당신은 날씨를 확인했습니까
당신은 서류를 확인했습니까

당신은 매뉴얼을 지켰습니까
당신은 사실을 인지했습니까

부서져가는 신뢰
무너져가는 진실
침몰해가는 매뉴얼

낡은 선박보다 거대한 고집불통 시스템
시스템보다 더 단단한 자본의 심줄

바람이 불고 풍랑이 일고
바다가 소리쳐도 하늘이 소리쳐도

자본숭배자들은

날씨 무시
매뉴얼 무시
파도 무시
사람 무시
낡은 배의 상태 무시

배의 중심에 아이들과 어른들이 있었다

어이할고
어이할고

명령한 손들은 숨어버렸다
세월호보다 깊숙이

흔적도 없이 숨어버렸다

언젠가는 부패한 검은 얼굴을
폭풍에 뒤집어진 바다가 토해낼 것이다

목련우체국

너에게 하얀 편지를 보낸다
네가 그 나라에서 안녕한지

목련이 편편이 날리는 날
너를 읽는다
청춘의 한 자락 펄럭이며
하얗게 늘어선 눈물들 꽃처럼 선명하구나

달콤하게 오래오래 너를 사랑하고 싶었는데
눈을 감아도 보이는 네 얼굴이
겨울 속의 꽃처럼 떨고 있는 게 보인다

네가 그리워 꿈마다 기절하고
무거운 잠은 나를 슬픔에 가라앉힌다
낙인처럼 찍힌 꽃잎의 한숨

절박한 심장들이

조각조각 손바닥만 한 소식들을 날린다

한때 황홀했던 네 기억

달빛 타고 쓸쓸히 내 발길에 닿는 네 편지를 읽는다

별빛마저도 아픈 밤 어제의 너를 안고 너를 읽는

행복하지 못한 밤

강물처럼 흐르는 꽃들의 편지는 투명하고 시리구나

봄이면 보내는 네 편지엔

비둘기 소리 몇 점 들어있고

네 웃음소리도 간간이 배어 있고

울음 같은 파도소리 칸칸이 적혀있구나

봄볕이 이리도 시리고 아픈 것은

네가 먼 길 떠난 까닭이고

봄이면 네 편지를 받고

흰 꽃편지마다 네 눈물자국 발견하는 까닭이구나

사월의 아이

아이야
그 먼 나라에서 조개를 줍고 있니
지금 봄이 한창인데
거기에도 벚꽃이 활짝 피었니

진달래 꽃망울보다 더 붉고 아름답던 아이야
버들가지보다 싱그럽던 아이야
영영 멀어진 건 아니지?

고래와 솟구치고 잠수하고 있을 아이야
검푸른 바다를 운동장처럼 뛰고 다닐 아이야
영원히 웃고 웃을 아이야
물고기 꼬리지느러미 잡고 헤엄치고 있니

네 따뜻한 가슴이 날마다 퍼 올리는

햇살을 받아 마시고
뜨거운 열망이 세상을 환하게 펼치는구나

네가 파도소리로 날마다 소곤대는 소리를 듣는다
핏방울이 돌고 돌며 너를 기억하며 네 소리를 듣는다
네가 지나간 자리에 내가 서서 네 목소리 듣는다

검은 구름이 몰려오더라도
난 이제 울지 않는단다
네가 말갈기 흩날리도록 파도를 타고
바다의 울음을 재우려고 애쓰고 있는 걸
알고 있단다
웅크리고 있던 것들이 일어서고
침묵한 것들이 끓어오르도록
끓어올라 스스로 눈물이 되고

소리가 되고 웃음이 되도록

이끄는 아이야

투명해져버린 아이야

꽃이 되고 기도가 된 아이야

다시 바람이 일고

여기에 꽃들이 지고 있구나

붉게 서늘하게 지고 있구나

4부

네가 사월이면 돌아오네

사월은 부활의 달이다
네가 사월이면 돌아와
내 곁에서 웃으며
내 어깨를 만진다

내 슬픔을 위로하고
내 머리를 쓰다듬고

방 한 켠에서
숙제를 한다
한 시절이 잘못 건넨 역사를
넌 다시 고쳐 쓰고 또 쓴다

사월의 사랑

소용돌이마다 싹트는
네 푸른 그림자

넌 기억할 것이다
맨드라미 붉게 피어난 여름의
뜨거운 추억을

너를 애도하는 피부 켜켜이
통증이 일고
너를 예찬하는 내 입술이
붉디붉은 꽃잎 따라 부르튼다

간절함이 사무쳐
전율이 흐르는 나무마다
열어젖힌 붉은 마음

세월이 흘러도

서늘한 네 향기 잊지 못하리라

푸른 달

삼백 네 개의 달이
팽목 하늘에 떴다

붉디붉은 심장이 바닷물에 젖어
꿈이 하얗게 발효되었다

(제 꿈을 먹고 제 꿈을 마시세요.
당신의 꿈이 이뤄질 거에요.)

솟구친 붉은 마음이
팽목 하늘을 붉게 물들였다
피 뿌린 바다 빛이 붉었다

(울지 말아요. 저는 밤마다 푸르게 떠서
당신을 비추는 걸요.)

물속에서도 빛났던 너,
스스로를 제단에 올려
푸르게 타올랐던 너

(이제 울지 말아요. 때론 가벼운 바람이 되어
당신 곁에 머물고 있어요.)

너는 푸른 정신으로
어둡고 눅눅한 세상을 지키는구나.
춥고 배고픈 거리
부드러운 손으로
쓰다듬는구나.

(보세요, 제가 얼마나 당신 가까이 있는지.
제 손이 당신 손잡고 밤새 푸른 숨 쉬는 걸요.)

개기일식

세월호에서 너를 잃어버린 날
세상이 노랗게 까무러치고
모든 안부는 바다로 사라졌다

울수록 멍드는 가슴
돌아올 날 기다리는 뜨거운 마음
태양을 거꾸로 돌릴 수 없는 무기력함

막막한 파도는 자꾸만 희망을 훔쳐가고
일상이 뜯겨져나간 자리마다
핏발 곤두선 애끓는 울음들이 돋아난다
폐허가 된 가슴 속이 너덜거린다

갈매기 떼 날아오르는
어두워지는 부둣가에서

너의 이생을 온몸으로 증명하노니

내 피눈물이 그 증거이고
내 입술에 내 심장에 새겨진 아물지 않는,
뜨거운 이름이 그 증거이다

온몸의 신경이 욱신거린다
아직도 태양이 먹힌 상태이다

어머니의 맨발

어머니
별빛이 드리워진 숲 그늘에 신비로운 목소리가 들려요
어린 새들이 잠든 작은 숲
희미한 소리들이 잠잠한 어둠 위로 흘러요
빛들의 활개는 어디서 조용히 쉬고 있는지
한껏 부풀어오른 어둠의 어깨가 추억을 부려놓고
아련히 숲길을 걸어 나가네요

젊은 어머니
어머니의 청춘이 사방에 달빛으로 내려 앉아
어머니의 단단한 뼈가 산등성이를 타고 달려오네요
이 푸른 나라에 청춘이었던 어머니

힘찬 희망의 물결이 넘쳐흐르던 강물이
우쭐거리며 흐르던

어머니의 낭랑한 목소리, 성성한 모습이

강물 위를 달리고 달려 오네요

뜨거운 침묵 위로 터질 듯이 달려오는

젊은 어머니의 맨발이

밤길 수백 리 한달음에 달려

설움을 태워버리네요

나의 별, 나의 달

어머니

나를 비추는 어머니

암흑에서도 솟아오를 그리운 사랑

쓰러져도 다시 일으키는 힘센 사랑

나의 어머니.

사막의 사월

쓸쓸하게 부서진 거리에 바람이 분다
되돌아갈 수 없는 거리
뒷걸음칠 수도 없는 거리

기억이 물렁해져서 하루가 흐물흐물 기어가는 거리
찬란하던 시간이 온통 부서지고
한겨울 한파에 꽁꽁 얼어붙어서
한때의 몸부림도 가두어버렸다

그리움이 나뒹굴어 캄캄해지는 낮

사랑의 사월이 사막의 사월로 내동댕이쳐지던 날
등푸른 아이의 앞날이 폭력으로 산산이 부서지던 날
헤매고 헤맸다

허기진 물질만능이 검은 손을 내밀어
고통과 울음을 풀어놓던 날

바닷가를 헤매는 울음이 넘쳤다
어둡고 슬픈 목구멍이 줄줄이 슬픔을 게워
물고기들마저 붉은 지느러미로 가슴을 쳤다

바람이 몸부림치는 밤
분노가 날뛰는 밤
너의 이름으로 목마른 밤

거칠고 뜨거운 네 목소리 듣는다

어두운 골목을 뱀처럼 돌며
지상의 물고기 떼를 몰고 어둑한 바다로 잠수하여

너를 꺼내고 너의 미래를 건져내야겠다

탐욕한 자들을 추방하고 악몽의 시간을 잘라야겠다
시들고 져 내린 꽃들을 살려야겠다

새들도 날개를 접고 침묵하는 나날
어제 죽은 새들이 돌아와 바닷가에서 수없이 울어댔다

진저리치는 슬픔과 분노를 감당할 수 없어서
어둔 골목을 뱀처럼 자꾸 돈다

더 많은 물고기들을 모집해야겠다
고래라도 불러와야겠다

구름소년

비가 내린다 봄비 속으로
네가 내린다 내 가슴에 걸어 들어오는 구름
구름 따라 네가 들어온다

짧은 봄은 종종 걸음으로 너를 꿈꾸고
오래된 약속은 지키지 않아도 곁에 있다

쓸쓸하고 다정하게 우산을 펴고
소년이 환한 이마에 슬픔을 채운다

구름이 되어버린 날
당당한 꿈이 소용돌이에 갇혀
너를 부르다가
무겁게 하늘을 채웠다

미안하지 않니?

희망까지도 물거품으로 추락할 때

미안하지도 않니?

(중얼거린다)

어른거리는 시간의 지느러미들이

재빨리 빠져나간다

아무도 돌아보지 않는

바다는 소리치는 자갈을 부둥켜안고 달래다가

부조리한 어깨에 모래를 토한다

뱃전을 두들기는 저녁하늘

슬픔에 젖어 흩어지던

사월의 밤

사월의 낮

다시 노랗게 피어나고 싶은
소년 꽃무늬 하늘구름

거미줄허공 소용돌이 바람을
이끌고 지나가는
하늘 슬픈 소년

너

세상에서 너를 만난 일이
제일 축복이었다
산들바람처럼 곱던 네 웃음
꽃잎처럼 향긋하던 머리칼 냄새
너는 나의 생명이고 운명이었다

나의 기쁨
나의 사랑이 사라진
봄날

이 봄이 너무 춥구나
너무 깜깜하구나

밤이면 너를 만나는 꿈이 그립고
네가 그립고

네 환한 웃음이
사무치는 봄밤

내 사랑아
어디 있더라도
꽃처럼 향기롭게
피고 또 피어라

너를 기억해

난 이제 알아
네가 돌아올 수 없다는 걸
내가 너를 볼 수 없다는 걸

너무 늦어버린 지금
함께 할 수 없는 지금

후회하고 있어
꿈길에 널 찾고 있어

시간이 널 기억해
이곳이 널 기억해

빛나던 너의 눈빛
달콤하던 네 목소리

후회하는 나를 용서해다오

너를 기억할게

활기찬 네 모습
다정하던 언어들
아직도 내 가슴에 메아리치는데
너는 떠나버렸어

싸늘한 바람이 자주 불어와
네 목소리 환상으로 들려

너무 늦어버렸어
돌아오지 않는 너를
아직도 사랑해

나는 알지

네가 극한의 고통과 맞붙어
끝내 투명한 몸이 되었다는 것을
물방울보다 가벼운 중력으로
물방울을 촘촘히 밟고
펄럭펄럭
공포의 아가리를 터널로 통과하여
눈부신 내 딸로 내 아들로
다시
부활하는 것을 알지

수중의 통증을 모두 끌어 모아
꽃으로 피워 올린 것을 알지
허공마다 연속무늬로 노랗게 매달아 놓은
소원들

어여쁜 소년, 소녀들이

여자, 남자들이

꽃잎을 달고 사방에 달빛처럼 환하게 차올라

소금사막을 지나는 달보다 더 환하게 차올라

너의 숨소리 훔쳐보던 벽을 부수고

극단의 폭력이 그림자처럼 조용히 따르는

밤을 버리고

대낮 환한 항구로 돌아왔지

너를 찾는 표정이 해변에 꿈결처럼 물결친다

작고 눈부신 너의 종아리는

소금사막의 일부가 되었다는 것을

나는 알지

여기 소금사막은 색깔이 푸르고 자꾸 물결치는 버릇이 있어
네가 타인처럼 풍경이 되어 노랗게 펄럭이는 걸 알지
노란 이름을 달고 노랗게 사월하늘에 하늘거리는 걸 알지

소금사막에는 흐려진 네 꿈이 부식되지 않고 출렁거리고 있지
새벽 창문을 열고 해변을 달려온
너의 약속이 아직도 소금사막을 맴돌고 있다는 거 알지

여기 해변에서 노랗게 물들인 네 얼굴이
상상의 바다를 건너
겁에 질린 밤을 헤치고
새벽마다 온다는 걸 알지

물고기 소년

파도 출렁이는 해안 길 따라
물고기 소년이 돌아왔네

여자의 눈물을 훔치고
여자의 조각난 어제를 잇대고 있네

어둠의 끝에 저녁이 머물고
회오리치던 여자의 어깨는
검붉은 파도가 요동하고 있네

지상의 어느 꽃들은 벼랑으로 날아가고
소용돌이치는 바람은 낭만을 노래하던
백년의 기록을 분노로 쏟아내고 있네
슬픔을 콩나무처럼 키우던 아이들이
계절을 흔들어 문을 수십 번 두드리곤 했네

가방 속에서 한 움큼씩의 모래가 쏟아질 때마다
넘치던 입맞춤의 모래바람이 부네
외로운 바닷가
달빛도 사치스러운 밤바다
뼈들이 파도를 뚫고 서쪽으로 스러지던
바닷가에서
꽃잎을 물고 삶을 갈아타던
환승의 시간

치명적인 태양이 어리고 부신 물고기들 갈비뼈 사이로
입술을 심어
죽지 않은 소년이 균열된 파도 사이를 헤엄쳐오네

창백한 바다
파도의 춤을 통과하는

물고기 소년의 빛나는 비늘
수척한 여자의 그늘로 통과하는 달빛
표류하는 기억은
여전히 여자의 눈썹을 젖어들게 하고
바닷가의 저녁이 붉게 익어가네

봄 휘파람

봄 발자국을 따라 강변을 걷네

버들가지 여린 순이 날개를 달고 미래로부터 날아오네

잘방잘방 물결소리

강물에 쏟아지는 어제의 빛 비늘들

오늘을 걷는 당신의 어깨 위로 깃털처럼 날리네

언 땅을 헤치고 초록을 부르는 소리

잎맥을 열고 속삭이네

향기를 꿈꾸는 손길이 꽃을 키우고

오늘을 품은 당신이 나무의 바람을 잔잔히 일으키네

휘파람이 부드러운 발길로

나를 이끌어

발꿈치를 간질이는 바람

겨울의 흉터마저 꽃그늘을 키우는

눈물이라네 아픈 향기라네

팽목항의 비가

공광규(시인)

1.

　권순자 시인은 1986년 부정기간행물인 무크지 《포항문학》에 「사루비아」 외 2편으로 작품 활동을 시작했다. 《포항문학》은 1980년대 초중반 민중문화운동에 참여한 포항지역의 각성한 문인과 문인지망생들이 모여 만든 동인지 성격의 잡지였다.

　민중문화운동은 1980년 광주학살을 통해 폭력적으로 정치권력을 탈취하면서 새롭게 등장한 전두환 군부독재정권이 자신의 오명을 탈색시키기 위해 벌이던 관제문화운동인 '국풍81'에 대항하면서 시작되었다. 전국적으로 조직된 문화예술, 학생, 노동을 포괄하는 광범위한 민주운동 세력이었다.

　당시 포항지역에서는 민주화를 요구하던 교사와 포항제철 등 공장노동자 출신 문인, 그리고 문인지망생들이 중심이 되어 민중문화운동의 중심에서 민주화 불씨를 지피고 있었다. 이들이 시와 소설, 희곡 등 문학과 시사 담론을 담아 부정기적으로 발간했던 잡지가 《포항문학》이다.

권순자 시인은 당시 포항에서 중등학교 영어교사로 근무하고 있었는데, 민중문화운동을 하는 문인들과 어울리면서 자연스럽게 시를 발표하는 과정을 거쳤다. 따라서 권순자의 시는 민중문화운동 내의 문학운동으로서 민중민족 현실에 관심과 시선을 두는 시를 써온 80년대가 낳은 민중문학의 적자라고 할 수 있다.

2003년 《심상》 신인상을 통해 다시 등단을 했으나, 제재 선택이나 창작방식은 이전 시들과 그렇게 달라 보이지 않는다. 권순자의 시업은 그동안 부지런하지도 게으르지도 않았다. 시집으로 『바다로 간 사내』, 『우목횟집』, 『검은 늪』, 『낭만적인 악수』, 『붉은 꽃에 대한 명상』, 『순례자』 등 6권과 『천개의 눈물』(한영일 대역), 『천개의 눈물』(한중 대역), 『A Thousand Tears』(『천개의 눈물』 영문판), 『Mother's Dawn』(『검은 늪』의 영역시집)을 내었다.

특히 『천개의 눈물』은 제2차 세계전쟁 당시 일본군 조선인 위안부를 제재로 한 것으로, 참혹한 전쟁에서 희생되는 위안부의 일면을 연작형식으로 다루어 문단의 주목을 받았다. 더하여 이를 중국어, 일어, 영어 번역을 통해 국제사회와 지식인들에게 일본군 위안부 문제를 적극적으로 알렸다.

권순자는 이번 시집 『청춘 고래』에서 전체 시편을 지난 박근혜 정권을 탄핵으로 몰고 가는 결정적인 역할을 했던 '세월호' 사건의 전 국민적 아픔과 문제점을 시로 형상하였다. 직전에 일본군 위안부 문제를 다룬 『천개의 눈물』 이후 또 한 번의 의미 있는 역작을 선보이는 것이다.

세월호 사건은 안산 단원고등학교 "학생 325명을 포함해 476명의 승객을 태우고 인천을 출발해 제주도로 향하던 세월호가 2014년 4월16일 전남 진도군 앞바다에서 급변침을 하며 침몰했"던 사건이다. "구조를 위해 해경이 도착했을 때, '가만히 있으라'는 방송을 했던 선원들이 승객들을 버리고 가장 먼저 탈출했"으며, "배가 침몰한 이후 구조자는 단 1명도 없었다"고 한다.

"검찰이 수사를 통해 사고 원인을 발표했지만, 참사 발생원인과 사고 수습과정 등에 대한 의문은 참사 후 현재 진행형이다. 세월호 인양작업도 정부는 당초 2016년 7월까지 완료하려 했지만, 계속 지체돼 인양작업은 2017년으로 해를 넘기게 됐다. 2017년 봄 인양작업이 급물살을 타 4월11일 마침내 인양작업이 완료됐다. 미수습자의 조속한 수습과 세월호 참사 원인 규명 등이 주요과제로 남아있"는 국가적 사건이다.[1]

세월호 사건은 수년간 정국을 달아오르게 했고, 결국 대통령이 탄핵되어 물러나게 되었으며, 해당 대통령을 감옥에 보내는 계기가 되었다. 정권 교체 이후 세월호 참사 문제는 잠잠해지기는 했으나 아직도 논란 선상에 있다.

이 사건의 본질과 사건에 얽힌 화제를 연작으로 형상한 권순자

---

1) http://100.daum.net/encyclopedia/view/47XXXXXXXXX6

는 시집 '시인의 말'에서 "너의 주변을 맴돌던 바람이 내게로 분다. (중략) 너에게로 가는 바람이 된다. 바람으로 불어 네 곁에 내 자리를 만든다. (중략) 증발되지 않는 기억들이 새떼처럼 머문다./ 이 시집을 생을 이긴 이들에게 헌정한다."고 말한다.

'너는' 손아랫사람이나 친한 사람을 가리키는 인칭대명사이며, 당연히 수장된 어린 학생들을 가리킨다. 어린 학생들은 세월호 배와 함께 수장되어 "세상에 생을 새긴 사람들"이다. 이 시집은 수장된 이들에게 바치는 노래이며, 진혼가이며 전 국민의 비가이다.

2.

권순자의 이번 시집에서 먼저 주목할 것은 죽음의 주체, 아이 화자의 노래이다. 세월호에 탑승했던 사람은 안산 단원고교 2학년 학생 325명을 포함해 교사 14명, 인솔자 1명, 일반탑승객 74명, 화물기사 33명, 승무원 29명 등 모두 476명인 것으로 알려졌다.

배는 전남 진도군 앞바다인 조류가 거센 맹골수도에서 급격하게 변침을 했고, 중심을 잃고 기울어져 표류하기 시작했다. 단원고 학생이 119에 구조요청 신고를 했으나, 배는 계속 침몰하고 있었다. 배 안에서는 "이동하지 말라"는 방송이 연방 흘러나왔다.

해경 함정 123정이 도착했고, 배의 기관부 선원 7명이 승객을

버리고 탈출해 구조됐다. 조타실 선원들도 뒤따라 탈출했다. 침몰
전까지 172명이 구조됐지만, 침몰한 이후 단 1명도 구조되지 못
했다. 2015년 4월 당시 희생자는 295명, 실종자는 9명이었다.

  권순자는 희생자이거나 실종자인 한 명의 아이를 화자로 내세
워 시를 쓰기도 한다. 세월호 사건 진실 규명을 위해 투쟁하고 노
력하는 아빠에게 용기를 북돋아주는 내용의 편지다. 제목이 편지
이기는 하나, 문장 형식이 편지라기보다는 비감미가 넘치는 한 편
의 시다.

    아빠 제가 기타를 쳐요
    파도 자락을 손가락으로 튕겨요
    햇살로 연주할 때도 있어요
    물고기들이 제 연주에 맞춰서
    춤을 추고 있어요
    물고기 친구들이 꼬리지느러미로
    손뼉을 쳐요
    물방울이 사방으로 튀고
    번져나가요
    물안개가 피고
    물미역이 일렁이며
    물바람으로 환호해줘요
    아빠 힘내세요

저는 언제나 아빠편이에요

아빠 사랑해요

　　　－〈아빠에게 보내는 편지〉 전문

시인은 독자에게 내용과 감정의 효과적 전달과 서정의 강화를 위해 이미 죽은 아이를 화자로 내세운다. 진술방식도 편지형식과 구어체를 활용하고 있다. 수장된 아이가 환생하여 기타를 치고 있다. 기타 줄은 파도의 자락이고, 햇살로 연주할 때도 있다. 아름다운 비유가 주제를 더 비극으로 몰고 간다. 더불어 아이가 치는 기타 줄이 파도인 것은 아이가 죽었다는 것을 상징한다.

물고기들도 아이의 연주에 맞추어 춤을 추고 있다니, 물고기 친구들이 연주에 맞추어 지느러미로 손뼉을 친다니, 이건 이미 아이들이 수장된 지가 오래되어 바다와 일체가 되었다는 의미다. 죽음에 대한 인정이다. 바다와 일원이 된 아이는 아이를 잃고 실의에 빠진 아빠, 진상규명을 제대로 하지 못하는 정권에 분노하는 이승의 아빠에게 "아빠 힘내세요/ 저는 언제나 아빠 편이에요/ 아빠 사랑해요"라며 응원한다.

앞에 시가 남학생인지 여학생인지 성이 구분이 안 되는 양성의 죽은 아이가 아빠에게 보낸 편지라면, 아래 시 〈고백〉은 아들이 어머니에게 올리는 고백투의 글이다.

외로운 어머니의 가슴을 후빈
아들이 고백합니다
꽃 같은 어머니의 봄날이
서럽게 꽃 져 버린
봄날이
해마다 오고
해마다 꽃 지고
어머니는 오지 않습니다

저는 어머니를 찾아
바닷가를 거닐고
어머니는 저를 찾아
천상을 헤매는군요

어머니의 꽃길은 시들어
꽃잎들이 먼지처럼 날고
어머니의 흑단 머리카락은
걱정과 슬픔으로 바래지고 희어져
눈물처럼 햇살에 반짝이는군요

-〈고백〉 부분

죽은 아들은 화자가 되어, 아들 자신이 먼저 죽어서 어머니의 가슴을 외롭게 후볐다고 고백한다. 아들이 죽으면서 어머니의 봄날은 서럽게 꽃이 졌다. 봄날이 봄날 같지 않게 되었다. 죽은 아이 입장에서는 어머니를 볼 수 없다. 봄날이 와도 어머니는 아이에게 오지 않는다.

바다에서 죽은 아이는 어머니를 찾아 바닷가를 거닌다. 어머니가 아이를 찾으러 와서 울부짖던 바닷가이다. 아이는 원혼이 되어 자신을 찾으며 울부짖던 어머니를 찾는데, 아이의 죽음을 확인한 어머니는 아이를 찾아 '천상'을 헤매고 있다. 슬픔과 원망이 천상에 미칠 정도의 슬픔을 가진 어머니다

자식이 있을 때 어머니의 길은 꽃길이었다. 그러나 자식이 죽은 뒤부터 어머니는 모든 희망을 잃었다. 인생은 시든 꽃과 같고, 꽃잎처럼 아름다웠던 나날들은 먼지처럼 날아다닌다. 흑단처럼 고운 머리카락은 "걱정과 슬픔으로 바래" 흰 머리가 되었다. 햇살이 반짝이니 눈물처럼 반짝인다.

권순자의 시에는 〈고백〉에서처럼 아이 화자가 어머니를 호명하는 시가 의외로 많다. 그 가운데 시 〈봄비〉에서 시인은 아이 화자를 통해 "꽃잠 꿈을 꾸던 어머니의 봄밤은/ 사월에 불어 닥친 삶의 폭풍에/ 꽃잎 다 져버리고// 그림자처럼 밤을 지나고/ 낮을 건너/ 돌처럼 차갑고 아프게/ 묶여버렸습니다"고 한다.

어머니는 죽은 "아들과 연결이 끊긴/ 어둡고 답답한 밤"을 연일 보내면서 "날마다 밤마다 바람이 세차게 불어"오는 것을 가슴으

로 받는다. "갈 길을 잃고" "꿈을 잃"은 어머니의 인생에는 "태양이 사라져 버린" "너무 어둡고/ 너무 무섭고 서러"운 삶이다. 아이를 바다에 잃은 어머니의 삶에는 "검은 봄이 이어지고/ 검은 바람이 불"고 있다.

　　망망대해 협곡을 누비는 나는 고래
　　머리칼이 지느러미 되고
　　팔 다리도 지느러미 되어

　　멈추었다가 꿈틀대는 뜨거운 숨
　　공중으로 솟구친다

　　누가 막을 수 있으리
　　전신에 차오른 뜨거운 눈물
　　뜨거운 뜻
　　열정
　　천일 동안 숨죽여 기다린 순간
　　깊고 푸른 물 마시고
　　고동치는 심장소리
　　나의 몸부림
　　나의 부대낌

영혼은 부풀어 수많은 약속들이
하얀 뼈 드러내고 심연의 파도에
물결쳐 부서질 때

솟아오르는 무지갯빛 이름들
물고기 떼 수백 마리 뭉치고 뭉쳐
바다 속 깊은 물결로 흐른다

―〈청춘 고래〉부분

사람은 죽어서 지수화풍(흙, 물, 불, 바람)으로 돌아간다. 원래 지
수화풍의 인연에서 왔기 때문이다. 바다에 수장된 아이 역시 지수
화풍으로 흩어졌을 것이다. 환생을 한다면 바다에 사는 생물일 가
능성이 높다. 그 가운데 하나가 고래다. 아이는 죽어서 여전히 아
이로만 사는 것이 아니라 고래로 환생하기도 한다.

죽어서 고래로 환생한 아이가 선언한다. 나는 "망망대해 협곡을
누비는" 청춘 고래라고. 머리칼이 지느러미가 되고 팔과 다리가
지느러미가 된다는 상상이 암울한 주제와 다르게 아름답고 호방
한 시다. 고래로 환생한 아이는 "꿈틀대는 뜨거운 숨"을 쉬며 "공
중으로 솟구"치는 긍정으로 환생한다.

이런 긍정의 힘은 "천일동안 숨죽여 기다린 순간"을 폭발시키

는 데서 나온다. 수백 명이 바다에 수장되면서 모두 침울하고 울분에 싸인 나날을 침울과 울분으로만 끝내는 것이 아니라, 침울과 울분을 발효시켜 긍정의 에너지로 폭발시키는 것이다. 고통의 에너지를 희망의 에너지로 바꾸는 힘은 시인의 긍정적 세계관과 상상력에서 태어난다.

3.

권순자의 시에는 앞에서 인용한 시들처럼 죽음의 주체인 아이를 화자로 쓴 시가 특징이지만, 어른을 화자로 쓴 시들도 많다. 어른 화자는 희생된 아이의 부모와 시인 자신이다. 어른 화자를 통해 세월호 사건의 참상과 슬픔의 강도를 복원하거나 객관화하고 있다. 일정 시간이 흐른 뒤에 갖는 객관화된 사건의 실체로서 세월호 사건을 바라보기 시작하고 있는 것이다.

아들아
땅콩을 비닐봉지에 담으며
너를 생각한다
이 아빠를 돕던 네 작은 손이
꽃보다 이쁘던 날이 떠오른다

조막손으로 어깨를 주무르고
토닥이며 응원해주던
작은 팔뚝에 솟아오르던
힘줄을 생각한다

네가 떠난 사월의 하늘이
너무 파랗구나
슬픔의 색깔이
저렇게 파란빛이라서
가슴이 미어지고
소금을 뿌린 듯 따갑구나

그래도 아들아 내 파란 가슴에
네가 살아있어서
이 시절을 살아갈 수 있구나
아들아
나의 아들로 살아주었던 아들아
너를 여전히 사랑한다

-〈아빠의 일기〉 전문

화자인 아버지가 땅콩을 담으면서 아들에게 말을 거는 대화적

어법의 시다. 아버지는 땅콩을 담다가, 땅콩 담는 일을 돕던 아들을 떠올린다. 아버지와 아들이 서로 도우면 살던 때는 "꽃보다 이쁘던 날"이었다. 아버지는 아들이 작은 조막손으로 어깨를 주무르고 토닥이던 작은 팔뚝에 솟아나던 힘줄을 생각한다.

이 시에서 가장 빛나는 부분은 3연이다. 이 연에서는 또 "네가 떠난 사월의 하늘"이라는 표현을 통해 아이가 사월 세월호 사건으로 죽었다는 것을 밝히고 있다. 현재 아버지가 바라본 사월의 하늘은 파란색이다. 아마 슬픔의 색깔도 아들을 잃은 사월의 파란 빛인지 모른다는 아버지. 아버지는 자식이 죽은 사월의 파란 하늘만 보면 "가슴이 미어지고/ 소금 뿌린 듯 따갑"다고 한다.

현재 화자의 아들은 이 땅에 존재하지 않는다. 그렇지만 죽은 아들이 화자의 아들로 살아주었던 것만으로도 여전히 사랑하며, 과거의 아들이 화자의 가슴 속에 살아있어서 "이 시절을 살아갈 수 있"다고 한다.

시 〈언제나 나의 별〉에서는 화자가 엄마인데, "아이야, 내가 네 엄마인 것이 기쁘고/ 네가 내 사랑인 것이 고맙구나"라고 한다. 그러면서 엄마는 아이가 "나의 영원한 별 나의/ 사라지지 않을 보물, 내 곁에서/ 영원히 빛날 나의 분신/ 나의 빛"이라고 한다.

앞에 인용한 시들처럼 각각 죽음의 주체인 아이 화자, 그리고 아이를 호명하는 부모를 화자로 한 시가 있는 가하면, 시인 자신이 화자가 되어 세월호 사건을 형상한 시들도 상당하다. 아래 시 〈진혼가〉도 그 가운데 하나다.

사랑을 배신으로 갚았구나
손길을 기다린 너희들을
끝끝내 구해주지 못했구나

세월호에 묻어버린 청춘이여,
눈물을 거두고 잘 가렴

아픔을 잊어버리고
서러움도 날려버리고

아름다운 곳에서 갈매기 날갯짓처럼
자유롭고 평안하게 지내다오

－〈진혼가〉 전문

　화자는 구해주기를 기다리며 "손길을 기다린" 아이들을 "끝끝
내 구해주지 못했"다며 자책한다. 어른들이 아이들에 대한 "사랑
을 배신으로 갚았"다는 것이다. 정책 결정에서부터 최고위 결정권
자인 대통령 등 어른들이 무조건적인 사랑으로 대해야 할 아이들
을 배신한 것이다.

　화자는 아이들에게 미안함을 담아 "세월호에 묻어버린 청춘이
여,/ 눈물을 거두고 잘 가렴"하면서 고별의 인사를 한다. 어른들이

잘못 조직한 사회에서 일어난 사고의 "아픔을 잊어버리고", 젊어서 죽는다는 "서러움도 날려버리고" 저승으로 잘 가라는 진혼가인 것이다.

아이들이 저승으로 간 장소는 바다이며, 바다에는 갈매기가 살고, 갈매기는 죽은 아이들 영혼의 매개일 것이다. 아름다운 저승의 바다에서 자유롭고 평안하게 날아다니는 갈매기처럼 날갯짓을 하면서, 세월호에 갇혀 죽은 원한을 풀고 지내라고 한다. 억울하게 죽은 원혼 달래기다.

시 〈소금 기억〉에서 "너를 만나러 바다로 가면/ 기억이 출렁거린다"는 이 참혹한 죽음을, 아래 시 〈항진〉에서는 기억하겠다고 한다. 〈항진〉은 좀 객관화된, 거리를 둔 화자의 심정에서 기억을 저장한다.

폭풍우 속에 떠난 너를
기억해

이 세상 풍파 속에서
내가 힘들 때마다
더 힘들었을 너를 떠올리며
씩씩해질게

너는 어렸음에도

네 가르침이 크구나
용감히 풍랑과 맞섰던 너

몸으로 보여준 너의 힘
내가 이어서
세상의 폭력과 거짓의 풍랑과 맞서서
너의 선하고 굳센 의지를
기억할게

-〈항진〉전문

이미 아이는 폭풍 속에서 떠났다. 과거다. 아이를 보내면서 고통이 단련될 만큼 단련되었다. 이런 너를 기억하겠다는 화자. 화자는 세상의 풍파를 만날 때마다 참혹한 바닷물에 수장되면서 울부짖는 아이를 떠올리면서, 그 반대로 "씩씩해질"것이라고 한다. 죽음에서 지혜를 배운다는 말이 있듯이 아이들의 고통스런 죽음을 통해 삶을 배웠음을 고백하고 있다.

그러나 화자가 배웠다는 것은 단순한 배움이 아니다. 침몰한 배 안에서 다가오는 공포와 함께 직접 몸으로 겪었을 고통을 힘으로 삼아, 이어서 맞서겠다는 것이다. "세상의 폭력과 거짓의 풍랑과 맞서서" 아이의 "선하고 굳센 의지를/ 기억"하겠다는 것이다.

4.

이 시집은 세월호에서 수장당한 아이들의 죽음에 대한 안타까움과 저승에서의 안녕을 기원하는 진혼, 아이를 잃은 부모의 애통함과 그것을 보고 있는 이웃과 전 국민의 슬픔, 아이를 수장시킨 어른들이 만든 사회와 제도의 문제점을 폭로하는 데 있다.

가슴에 뚫린 길을 따라 아이들이 떠났다
세월호가 안고 떠난 바닷길은 차갑고 춥고
아픈 길이었다

팽목항에 고꾸라진 세월호
수천개의 물길이 출렁이며 아이들을 끌어안고 울었다
육지로 올라오지 못하는 파도는
팽목항 앞바다에서 몸부림 쳤다

아이들은 물결 타고 하늘로 떠나고
어미들은 철썩이며 서럽게 울었다

팽목항은 앞으로도 오래 울음 울 것이다
어미 곁으로 돌아오지 못한 아이들의 울음을
대신 울어줄 것이다

아이들을 잊지 못하는 어미 따라 울어댈 것이다

-〈먼 길〉 전문

시 〈먼 길〉에서 보듯 아이들은 부모와 어른들의 가슴에 슬픔을 안겨주었다. 검은 세상을 만든 부모와 어른들의 가슴에 아픔을 되돌려주고 갔다. 아이들은 "차갑고 춥고/ 아픈 길"을 떠나 "삼백 네 개" "푸른 달"로 "팽목 하늘"에 떠 있다. 바다는 세월호가 아이들을 실은 채 침몰하자 "수천 개의 물길이 출렁이며 아이들을 끌어안고 울었다".

팽목항 앞바다에서 몸부림치는 파도 앞에서 "아이들은 물결을 타고 하늘로 떠나고/ 어미들은 철썩이며 서럽게 울었"는데, 이런 "팽목항은 앞으로도 오래 울음을 울 것이"다. 어미 곁으로 돌아오지 못한 아이들을 대신해서 울어주는 것이고, 아이들을 잊지 못하는 어미를 따라 울어댈 것이다.

권순자는 세월호 사고의 본질과 원인을 '검은 손들'의 기획으로 본다. 복수의 '검은 손들'은 자본과 정치권력의 결탁과 야합을 은유한다. 이들은 시 〈속도의 신〉에서 진술되듯 사람 목숨을 담보로 "속도를 계획하는 자"이고 "속도를 조장하는 자"이며, "속도를 허용하"고, "속도에 편승하"고, "속도를 부추기는 자"들이다.

이들은 "괴물의 총아들"이며, "희생물을 찾는 교활한 앞잡이들"이고 "속도의 신을 예배하"는, "여객의 목숨을 돈보다 가벼"(〈난파선〉)웁게 여기는 "자본 숭배자"(〈질문〉)들인 우리 자신일 수도 있다. 결국 "거대한 여객선"에 아이들을 가둬 "꽃들의 무덤"으로 수장시킨 것은 어른들의 '검은 세계'인 것이다. 그래서 이 시집은 어른들의 잘못으로 수장된 아이들에게 바치는 노래이며, 진혼가이고 전 국민의 비가인 것이다.

청춘 고래

ⓒ 권순자, 2019

초판 1쇄 인쇄 2019년 4월 15일
초판 1쇄 발행 2019년 4월 30일

지은이 | 권순자
발행인 | 강봉자·김은경

펴낸곳 | (주)문학수첩
주 소 | 경기도 파주시 회동길 192(문발동 513-10) 출판문화단지
전 화 | 031-955-4445(대표번호), 4500(편집부)
팩 스 | 031-955-4455
등 록 | 1991년 11월 27일 제16-482호

홈페이지 | www.moonhak.co.kr
블로그 | blog.naver.com/moonhak91
이메일 | moonhak@moonhak.co.kr

ISBN 978-89-839-741-5 (03810)

「이 도서의 국립중앙도서관 출판예정도서목록(CIP)은 서지정보유통지원시스템
홈페이지(http://seoji.nl.go.kr)와 국가자료공동목록시스템(http://www.nl.go.kr/
kolisnet)에서 이용하실 수 있습니다.(CIP제어번호: CIP2019009174)」

* 파본은 구매처에서 바꾸어 드립니다.

문학수첩
시인선